DAS SCHLOSS

NACH FRANZ KAFKA

JAROMÍR 99 • MAIROWITZ
DEUTSCHE ADAPTION VON ANJA KOOTZ

KNESEBECK

Titel der Originalausgabe: *The Castle*
Erschienen bei SelfMadeHero, London 2013
Copyright © 2013 SelfMadeHero, 5 Upper Wimpole Street,
London W1G 6BP, Großbritannien

Szenario: David Zane Mairowitz
Künstler: Jaromír 99

Projektmanagement: Lizzie Kaye, Sam Humphrey
Verlgerin: Emma Hayley
Dank an: Johana Zikova, Lukas Horky, Nick de Somogyi und Dan Lockwood

Deutsche Erstausgabe
Copyright © 2013 von dem Knesebeck GmbH & Co. Verlag KG, München
Ein Unternehmen der La Martinière Groupe

Adaption des deutschen Textes: Anja Kootz
Anja Kootz dankt der Kunststiftung NRW und dem Europäischen Übersetzer-
Kollegium Straelen für die Unterstützung ihrer übersetzerischen Arbeit.

Umschlaggestaltung: Leonore Höfer, Knesebeck Verlag
Satz, Layout und Herstellung: VerlagsService Dr. Helmut Neuberger &
Karl Schaumann GmbH, Heimstetten
Druck: Print Consult, München
Printed in EU

ISBN 978-3-86873-638-0

www.knesebeck-verlag.de

Einführung

Das Schloss ist eines von Kafkas großen „unvollendeten" Werken. Es gibt immer zwei Betrachtungs-möglichkeiten: Entweder folgt die Geschichte einem nicht enden wollenden kafkaschen Labyrinth, in dem jeder Erzählstrang einen Ausgangspunkt für weitere bildet, wobei jede Frage eine Antwort, eine Gegenantwort und wieder eine Antwort aufwirft, oder... sie hört einfach auf. Keine „Enden", sondern eher Zusammenbrüche, herbeigeführt aus reiner Erschöpfung. In *Das Schloss* ist dies mitten im Satz der Fall.

Das Schloss wird oft als Darstellung einer blinden, totalitären Bürokratie interpretiert, die einen eisernen Griff um ein eingeschneites Dorf hat, das im Zentrum der Geschichte steht. Aber wie das oft im Hinblick auf die Kafka-Kritik der Fall ist, geht diese Interpretation am eigentlichen Kern vorbei. Worauf es ankommt, ist die Unerreichbarkeit des Schlosses und der Hunger nach Unterwürfigkeit, den seine Geheimnisumwobenheit schafft. Es kann keine größere Aufgabe geben, als dem Schloss zu dienen, wie Barnabas es tut (oder glaubt, es zu tun); keine größere Emotion, als jene, die aus der Überbringung eines unzusammenhängenden, sinnlosen Briefes von der Schlossobrigkeit an die Hauptfigur der Geschichte K., „dem Landvermesser" (der eigentlich kein Landvermesser ist, und den das Dorf auch nicht braucht) entsteht. Oder für Barnabas' Schwester Amalia, die vulgär von einem niederen Schloss-Offiziellen beleidigt wird, woraufhin die Familie – deren Leben dadurch ruiniert ist – vor der Schlossverwaltung zu Kreuze kriecht und „um Verzeihung bittet", weil ihre Tochter die obszöne Annäherung zurückwies.

Im Zentrum steht der einsame K., der mehr oder weniger aus dem Nichts und nur mit einem Wanderstock gekommen ist. K. ist genauso sehr „Kafka" wie zuvor Joseph K. aus *Der Prozess*. Aber anders als Joseph K. holt dieser K. nicht gegen die unergründbare Obrigkeit aus, sondern tut sein Möglichstes, sich ins Dorf einzufügen und zu dienen, in der vagen Hoffnung, eines Tages Zugang zum Schloss zu bekommen. In diesem sinnlosen Bestreben begegnet er der rätselhaften Frieda, die der Tschechin Milena Jesenská nachempfunden ist, eine der wichtigen Frauenfiguren in Kafkas Leben. Doch er wird Klamm, dem Schlossbeamten (der vielleicht nicht einmal ein Schloss-beamter ist und dessen körperliche Identität sogar bezweifelt wird), nie begegnen, diesem Klamm, dem alle Untergeordneten den Vortritt lassen und dem sich alle Frauen im Dorf hingeben, wenn sie dazu aufgerufen werden.

Beinahe jeder Aspekt in *Das Schloss* weist noch eine andere Seite auf. Nichts ist wirklich so, wie es scheint, oder so, wie alle sagen, dass es sei. Und nichts ist wirklich jemals greifbar für K. Es ist ihm auferlegt, im verschneiten Dorf umherzuirren, eine Reihe erotischer Versuchungen zu erfahren, die ihn, da unausgelebt, leer und erschöpft zurücklassen, unendlich viel älter als zu Beginn der Geschichte, obwohl nicht einmal eine Woche vergangen ist.

Bemerkung zum Text: Eine endgültige Version eines Kafka-Textes zu finden, ist wie die Suche nach dem Schloss: Die Wege sind scheinbar unendlich und labyrinthisch. Ich habe auf verschiedene Versionen zurückgegriffen, um meine englische Übersetzung zu erstellen. Das hier verwendete Ende ist eines, das sich in Kafkas Manuskripten findet, und entspricht nicht der gedruckten Version.

David Zane Mairowitz

DER BRÜCKENHOF

IM WIRTSHAUS WAR MAN NOCH WACH, DER WIRT HATTE ZWAR KEIN ZIMMER ZU VERMIETEN, ABER ER WOLLTE, VON DEM SPÄTEN GAST ÜBERRASCHT UND VERWIRRT, K. IN DER WIRTSSTUBE AUF EINEM STROHSACK SCHLAFEN LASSEN. K. WAR DAMIT EINVERSTANDEN.

Dieses Dorf ist Besitz des Schlosses, wer hier wohnt, braucht die gräfliche Erlaubnis.

Ist denn hier ein Schloss?

Allerdings, das Schloss des Herrn Grafen Westwest.

Um Mitternacht? Unmöglich. Sie müssen sofort das gräfliche Gebiet verlassen!

Ich hole mir die Erlaubnis.

AUS DER HÖRMUSCHEL KAM EIN SUMMEN, WIE K. ES NIE GEHÖRT HATTE. ES WAR, WIE WENN SICH AUS DEM SUMMEN KINDLICHER STIMMEN EINE EINZIGE HOHE, ABER STARKE STIMME BILDETE, DIE AN DAS OHR SCHLUG, ALS FORDERE SIE, TIEFER EINZUDRINGEN ALS NUR IN DAS ARMSELIGE GEHÖR.

JETZT IN DER NACHT, UNBEACHTET, HÄTTE ER INS SC
DRINGEN WOLLEN, VON BARNABAS GEFÜHRT, EINEM MANN, D
NÄHER WAR ALS ALLE, DIE ER BISHER HIER GESEHEN HATT
VON DEM ER GLAUBTE, DASS ER WEIT ÜBER SEINEN SICHT
RANG HINAUS ENG MIT DEM SCHLOSS VERBUNDEN

IN DER BAR WURDE DAS BIER VON EINEM JUNGEN MÄDCHEN AUSGESCHENKT, DAS FRIEDA HIESS.

ALS IHR ÜBERLEGENER BLICK AUF K. FIEL, SCHIEN IHM, DASS DER BLICK SCHON K. BETREFFENDE DINGE ERLEDIGT HATTE, VON DEREN VORHANDENSEIN ER NICHT WUSSTE, VON DEREN VORHANDENSEIN ABER DER BLICK IHN ÜBERZEUGTE.

STUNDEN VERGINGEN. STUNDEN, IN DENEN K. DAS GEFÜHL HATTE, ER VERIRRE SICH ODER ER SEI SO WEIT IN DER FREMDE WIE VOR IHM KEIN MENSCH, EINER FREMDE, IN DER SELBST DIE LUFT NICHT WAR WIE IN DER HEIMAT, IN DER ER VOR FREMDHEIT ERSTICKEN MÜSSE UND IN DEREN VERLOCKUNGEN ER NICHTS ALS WEITER GEHEN KÖNNE, WEITER SICH VERIRREN.

31

DIE BEHÖRDEN LIESSEN K., ALLERDINGS NUR INNERHALB DES DORFES, ÜBERALL DURCHGLEITEN, WO ER WOLLTE, VERWÖHNTEN UND SCHWÄCHTEN IHN DADURCH, SCHALTETEN ÜBERHAUPT JEDEN KAMPF AUS UND VERLEGTEN IHN DAFÜR IN DAS AUSSERAMTLICHE, TRÜBE, FREMDARTIGE LEBEN.

BEIM VORSTEHER

Das ist also unser Landvermesser. Leider brauchen wir keinen Landvermesser. Es wäre keine Arbeit für Sie da.

Es liegt ein Missverständnis vor. Ich kam nicht her, um zurückgeschickt zu werden!

Vor langer Zeit kam ein Erlass – ich weiß nicht mehr von welcher Abteilung –, dass ein Landvermesser berufen werden solle.

Mizzi! Im Schrank.

Wir antworteten, dass wir keinen Landvermesser brauchen. Diese Antwort gelangte aber an eine andere Abteilung ...

„In jener Abteilung kam der Aktenumschlag an den wegen seiner Gewissenhaftigkeit berühmten Referenten Sordini. Der schickte uns den leeren Aktenumschlag zur Ergänzung zurück."

Und die Kontrollbehörde? Bei der Vorstellung, die Kontrolle könnte ausbleiben, wird mir übel.

„Nun waren aber seit jenem ersten Schreiben schon viele Monate, wenn nicht JAHRE vergangen. Wir konnten nur sehr unbestimmt antworten, dass wir von einer solchen Berufung nichts wüssten und dass nach einem Landvermesser bei uns kein Bedarf sei."

„Es gibt nur Kontrollbehörden. Freilich, sie sind nicht dazu bestimmt, Fehler im groben Wortsinn herauszufinden, denn Fehler kommen ja nicht vor, und selbst, wenn einmal ein Fehler vorkommt, wie in Ihrem Fall, wer darf denn endgültig sagen, dass es ein Fehler ist?"

„Die ersten Kontrollämter, denen wir die Aufdeckung der Fehlerquelle verdanken, erkennen hier auch den Fehler. Aber wer darf behaupten, dass die zweiten Kontrollämter ebenso urteilen und auch die dritten und weiterhin die anderen?"

Von diesen Entscheidungen erfahren wir erst spät, und daher ...

„... berät man über längst entschiedene Angelegenheiten noch immer leidenschaftlich. Ich weiß nicht, ob in Ihrem Fall eine solche Entscheidung ergangen ist – manches spricht dafür, manches dagegen."

„Bestimmt aber weiß ich folgendes: Ein Kontrollamt entdeckte inzwischen, dass vor vielen Jahren an die Gemeinde eine Anfrage wegen eines Landvermessers ergangen sei. Man fragte neulich bei mir an, worauf ich antwortete, dass kein Landvermesser nötig sei."

Stellen Sie sich meine Enttäuschung vor, als plötzlich, nach Beendigung der Angelegenheit, Sie auftreten, und es scheint, als sollte alles von vorn beginnen!

Diese Berührungen sind nur scheinbar, Sie aber halten sie in Ihrer Unkenntnis für wirklich ...

hören wir Rauschen und Gesang. Dieses Rauschen und dieser Gesang sind das einzig Richtige und Vertrauenswerte, alles andere ist trügerisch."

„Es gibt keine telefonische Verbindung mit dem Schloss. Wenn man von hier aus im Schloss anruft, läutet es dort bei allen Apparaten der untersten Abteilungen oder vielmehr, es WÜRDE bei allen läuten, wenn nicht bei fast allen dieses Läutwerk abgestellt wäre."

„Hier und da aber hat ein übermüdeter Beamter das Bedürfnis, sich ein wenig zu zerstreuen, und schaltet das Läutwerk ein. Dann bekommen wir Antwort, allerdings eine Antwort, die nichts ist als Scherz."

Ich, die ich nur dreimal bei KLAMM war – später ließ er mich nicht mehr rufen –, habe drei Andenken an ihn: Das Bild, das Tuch und das Häubchen. KLAMM selbst gibt nichts, aber wenn man etwas liegen sieht, kann man es sich ausbitten.

Wie lange her?

Über zwanzig Jahre.

So lange halten manche Frauen KLAMM die Treue.

Falls Frieda wie Sie ist, wie soll ich diese Treue zu KLAMM ertragen?

Sie wagen so zu fragen!? KLAMM machte mich zu seiner Geliebten. Kann man diesen Rang verlieren?

Und Ihr Mann?

Welcher Mann hinderte mich, zu KLAMM zu laufen, wenn mir KLAMM ein Zeichen gibt?!

Wandern wir aus! Was hält uns hier im Dorf? Vorläufig aber nehmen wir das Angebot an.

Wir nehmen die Stelle!

Sie müssen, Landvermesser, täglich beide Schulzimmer reinigen und heizen, kleinere Reparaturen vornehmen, den Weg durch den Garten schneefrei halten, Botengänge machen und die Gartenarbeit besorgen.

Sie haben das Recht, in einem der Schulzimmer zu wohnen. Doch müssen Sie, wenn unterrichtet wird, das Zimmer verlassen.

Kinder dürfen niemals n unliebsamer häuslicher nen werden. Ich muss bestehen, dass Sie Ihre ungen zu Fräulein Frieda legitimieren.

DER HERRENHOF

Ah, der Landvermesser! Ich heiße Pepi.

Ich bin für Frieda an den Ausschank berufen worden. Ich war bis jetzt Zimmermädchen.

KLAMM ist jetzt nicht dort. Er fährt ja gleich weg, der Schlitten wartet schon im Hof.

Ist KLAMM schon fort?

Gewiss. Da Sie Ihren Wachtposten aufgaben, konnte KLAMM ja fahren. Er ist sehr empfindlich. Glücklicherweise hat der Kutscher auch die Fußspuren im Schnee glattgekehrt.

KLAMM wird mit jemandem, mit dem er nicht sprechen will, niemals sprechen. Die Tatsache allein, dass KLAMM niemals mit ihm sprechen will, genügt ja.

Ich bin Momus, der Dorfsekretär KLAMMs. Alle Herren aus dem Schloss haben ihre Dorfsekretäre.

Sie haben Erlaubnis, im Schulzimmer zu schlafen. Doch ich bin nicht verpflichtet, in Ihrem Schlafzimmer zu unterrichten.

Wer hat die Schuppentür aufgebrochen?

Ich war es. Wir mussten das Schulzimmer heizen. Ich wollte Sie nicht mitten in der Nacht um den Schlüssel bitten.

Wer hat die Tür aufgebrochen?

Er ...

... war's!

Ja, ich will zu KLAMM gelangen. Doch ich weiß, du kannst mir nicht helfen. Ich muss es selbst erreichen. Vielleicht über Barnabas.

„Barnabas"! Hättest du mich nur einmal so liebend gerufen wie diesen verhassten Namen!

Er ist der Bote KLAMMs.

Wo ist der andere?

Es ist ein Irrtum zu glauben, dass ich nicht auf Barnabas warte. Er ist der Einzige, der mir helfen kann, meine Angelegenheiten mit den Behörden in Ordnung zu bringen.

Aber nun gibst du mir den Eindruck, so wie du die Arbeit siehst, die dein Bruder für mich hat, dass er mich täuscht.

Ich bin nicht eingeweiht. Olga aber kann dir volle Auskunft geben, denn sie ist seine Vertraute.

Wenn Barnabas wüsste, was er sonst tun sollte, er würde den Botendienst, der ihn nicht befriedigt, verlassen. Aber es ist Schlossdienst ... so sollte man wenigstens glauben.

Er sollte einen Anzug vom Amt bekommen, aber hier ist das Schloss sehr langsam. Vielleicht hat der Amtsgang noch nicht begonnen. Vielleicht ist er beendet, doch die Zusicherung ist zurückgezogen ...

„Ist es überhaupt Schlossdienst, fragen wir uns. Gewiss, er geht in die Kanzleien, aber sind diese das eigentliche Schloss? Er kommt in Kanzleien; aber dann sind Barrieren, und hinter ihnen andere Kanzleien."

KLAMM soll anders aussehen,
wenn er ins Dorf kommt, und
anders, wenn er es verlässt,
anders, ehe und nachdem er
Bier getrunken hat.“

„Anders im Wachen,
anders im Schlafen,
fast grundverschieden
oben im Schloss.“

„Und es sind selbst innerhalb des
Dorfes ziemlich große Unterschiede,
die berichtet werden, Unterschiede der
Größe, des Bartes, nur hinsichtlich des
Kleides sind die Berichte einheitlich:
Er trägt ein schwarzes Jackettkleid mit
langen Schößen.“

„Ein so oft ersehnter und so
selten erreichter Mann, wie
es KLAMM ist, nimmt in der
Vorstellung der Menschen
verschiedene Gestalten an.“

Es ist ein Übermaß von Angestellten im Schloss. Nicht jeder kann einen Auftrag bekommen. Doch immerhin hat Barnabas mir schon zwei Briefe gebracht.

Diese Briefe bekommt er nicht von KLAMM ...

„KLAMM sitzt und putzt seinen Zwicker, die Augen fest geschlossen. Er scheint zu schlafen und im Traum den Zwicker zu putzen."

„Der Schreiber sucht unter dem Tisch einen Brief für K. heraus. Es ist ein alter Brief, der schon lange dort liegt."

KLAMM an K.

„Barnabas kommt nach Hause, atemlos, den Brief unter dem Hemd am bloßen Leib. Schließlich finden wir, dass es vergeblich ist, und er hat keine Lust, den Brief zu bestellen."

„Die Ehrfurcht vor der Behörde ist euch hier eingeboren, wird euch weiter während des ganzen Lebens von allen Seiten eingeflößt, und ihr selbst helft dabei mit, wie ihr nur könnt."

AMALIAS GEHEIMNIS

AN DAS MÄDCHEN MIT DEM GRANATENHALSBAND,

DASS DU ALSO GLEICH KOMMST, ODER..!

SORTINI

Er forderte Amalia auf, sofort in den Herrenhof zu kommen, denn in einer halben Stunde musste er fort.

Der Brief war in den gemeinsten Ausdrücken gehalten. Und es war kein Liebesbrief. Kein Schmeichelwort war darin. Sortini war vielmehr böse, dass Amalias Anblick ihn ergriff, ihn von seinen Geschäften abhielt.

Da Amalia nicht in den Herrenhof ging ...

... war der Fluch über unsere Familie ausgesprochen.

UNGLÜCKLICHE BEAMTENLIEBE GIBT ES NICHT. FRAUEN KÖNNEN NICHT ANDERS, ALS BEAMTE LIEBEN, WENN SICH DIESE IHNEN EINMAL ZUWENDEN.

Aber Amalia ist ja eine Ausnahme.

Amalia hat Sortini abgewiesen und weiß nichts mehr als das; ob sie ihn liebt oder nicht, weiß sie selbst nicht.

Was bleibt dann für ein Unterschied zwischen Frieda und Amalia? Einzig der, dass Frieda tat, was Amalia verweigert hat.

„Alle unsere Probleme waren durch Einfluss des Schlosses entstanden. Der Feuerwehrverein kündigte dem Vater ..."

„Vater sprach mit niemandem mehr."

„Die Menschen trennten sich von uns, um nicht an uns zu denken."

„Wenn wir hervorgekommen wären, gezeigt hätten, dass wir die Sache überwunden hatten, so wäre alles gut gewesen."

„Doch wir saßen zu Hause. Amalia hatte durch ihr Schweigen die Führung der Familie an sich gerissen."

Man muss sie zu gelegener Stunde überraschen.
Halt!
EIN BEAMTER DURCHSCHAUT IN SEINEM FACH ALLES, ABER VON DINGEN AUS EINER ANDEREN ABTEILUNG VERSTEHT ER KEIN WORT.

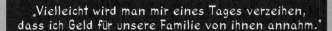

„Die Diener haben im Stall hundertmal beschworen, dass sie sich auf ein Wiedersehen im Schloss sehr freuen."

„Vielleicht wird man mir eines Tages verzeihen, dass ich Geld für unsere Familie von ihnen annahm."

„Die Diener lenkten immer zu anderem ab, wenn es um das Schloss ging."

„Ich wusste, dass sie Unsinn schwatzten, großtaten, einander in Erfindungen überboten, so dass offenbar in dem endlosen Geschrei, in welchem einer den anderen ablöste, dort im dunklen Stalle bestenfalls ein paar magere Andeutungen der Wahrheit enthalten sein mochten."

„Mein neuer Plan ruhte auf Barnabas."

„Er glaubt, dass, wenn er von ihnen als Kanzleikollege bemerkt würde – auch untergeordneter Art –, Unabsehbares für unsere Familie erreicht werden könnte."

„Doch er wagt nicht, etwas zu tun, dass es so weit komme."

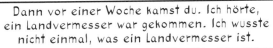

Dann vor einer Woche kamst du. Ich hörte, ein Landvermesser war gekommen. Ich wusste nicht einmal, was ein Landvermesser ist.

„Barnabas weinte an meiner Schulter. Eine neue Welt tat sich vor ihm auf, und das Glück ertrug er nicht. Er hatte einen Brief an dich zur Bestellung bekommen."

Frieda sandte einen der Gehilfen, dich zu suchen.

Hätte ich zwischen ihr und Amalia zu wählen, ich wüsste wie.

„Als du zum Barnabas'schen Mädchen
gingst, fühlte Frieda sich verraten.
Frieda ist wieder im Ausschank im
Herrenhof. Es ist besser für sie. Es
lag keine Vernunft darin, deine Frau
zu werden. Du hast das Opfer, das
sie bringen wollte, nicht zu würdigen
verstanden."

ALLE WARTETEN AUF ERLANGER. VOR DER TÜR. DIE HERRENHOFWIRTIN LIESS SIE NUR EINZELN EINTRETEN.

Er liegt auf dem Bett. In Kleidern und schläft.

Manchmal verschläft er seinen Aufenthalt im Dorf. Danach fährt er gleich ins Schloss zurück. Er leistet ja freiwillige Arbeit.

„Im Dienst hätte Jeremias nicht gewagt, mich zu verführen. Außerhalb des Dienstes fürchtet er nichts."

„Du hast mich verlassen, er kam und nahm mich."

„Er zerschlug das Schulfenster und zog mich hinaus. Hier ist er Zimmerkellner, ich bin zurück im Ausschank. Wir haben ein gemeinsames Zimmer."

K.'S TRAUM

K. WAR EIN GROSSER SIEG GELUNGEN, UND DIE MENGE WAR GEKOMMEN ZU FEIERN.

Wenn Sie sich in dieser Kleinigkeit bewähren, kann dies Ihrem Fortkommen nützlich sein.

Über mich hinweg gingen die Befehle, die ungünstigen und die günstigen. Auch die günstigen hatten einen ungünstigen Kern.

WIE DER AUFBRUCH IM HÜHNERSTALL, IN ÜBEREINSTIMMUNG MIT DEM ERWACHENDEN TAG, GERIET DER GANG IN BEWEGUNG ...

WAR ER AUCH VORGELADEN, MUSSTE ER SICH DESSEN BEWUSST BLEIBEN, DASS ER DORT NICHT HINGEHÖRTE. ER HATTE SCHNELL ZUM VERHÖR ZU ERSCHEINEN UND SCHNELL ZU VERSCHWINDEN.

DIE NACHTVERHÖRE HATTEN DEN ZWECK, DIE SCHLOSSBEAMTEN VOR DEM BEI TAG UNERTRÄGLICHEN ANBLICK GEWISSER PERSONEN ZU SCHÜTZEN. VERHÖRE WURDE BEI KÜNSTLICHEM LICHT ABGEHALTEN, UND DIE SEKRETÄRE HATTEN DIE MÖGLICHKEIT, GLEICH ANSCHLIESSEND ALLE HÄSSLICHKEIT IM SCHLAF ZU VERGESSEN.

SELBST DIE ARME NACHTMOTTE SUCHT, WENN DER TAG KOMMT, EINEN STILLEN WINKEL AUF, MACHT SICH PLATT, MÖCHTE AM LIEBSTEN VERSCHWINDEN.

Du! Du bist schuld an meinem Unglück!

PEPI WAR MONATELANG UNTEN IN IHRER DUNKLEN KAMMER GESESSEN. NUN WAR PLÖTZLICH K. ERSCHIENEN, EIN HELD, UND HATTE IHR DEN WEG NACH OBEN FREI GEMACHT.

Pepis Sicht

„Man sah Frieda, wie sie Bier in KLAMMs Zimmer trug. Aber was man nicht sah, erzählte Frieda, und du hast es geglaubt."

„Falls Frieda KLAMMs Geliebte war, so ist Frieda plötzlich eine große Schönheit geworden. Aber bei den Leuten verlor sie an Ansehen und die Leute wurden gleichgültig."

„Frieda entschloss sich zu einem Skandal. Sie würde sich irgendeinem Beliebigen hinwerfen."

„Friedas Schicksal führte den Landvermesser hierher. Er war ein NICHTS. Wusste er nicht, dass sich sogar ein Zimmermädchen etwas vergab, wenn sie mit ihm sprach?"

Aber Frieda – diese Spinne! – ließ es nicht zu.

„Sie schickt die Gehilfen aus, klagt darüber, dass K. sie gefangenhielt, hetzt gegen mich – Pepi! – verkündet, dass KLAMM auf keinen Fall in den Ausschank hinuntergelassen werde."

Nun siehst du, wie hässlich du mich behandelt hast.

Das sind ja nichts anderes als Träume aus deinem dunklen, engen Mädchenzimmer.

Es ist unwahrscheinlich, dass Frieda meine Frau wird, aber sie betrog mich nicht. Eher habe ich sie vernachlässigt. Käme sie zu mir zurück, ich würde sie wieder vernachlässigen.

Pepi kennt trotz ihrer Jugend das Leben. Sie kann ihre Vorstellungen von Beamtentum und Vornehmheit nur schwer mit der Wirkung von Frauenschönheit vereinen.

Es wäre die selbstverständlichste Sache der Welt, KLAMM und Frieda so zu sehen, wie wir hier nebeneinander sitzen.

Jeder müsste an ihrem Wesen erkennen, dass ihr Verhältnis zu KLAMM sie zu jemandem geformt hat, der mehr ist als du und ich und alles Volk im Dorfe.

Komm zu uns. Zu mir und den Freundinnen. In unser kleines Zimmer.

Frieda ist fort. Du hast weder Arbeit noch Bett. Es ist kalt.

„Du kannst uns bei der Arbeit helfen. Wir werden nachts nicht mehr Angst leiden. Wir erzählen dir Geschichten von Frieda, bis du es leid bist. Auch Bilder von Frieda zeigen wir dir. Henriette und Emilie werden dir gefallen: Wir drücken uns eng aneinander."

Hier endet Kafkas Text.

COMIC DE LUXE

Andreas Völlinger, Flavia Scuderi
Hrsg.: Gebrüder Beetz Filmproduktion
Wagner
978-3-86873-**588**-8

Sylvain Ricard, Maël
In der Strafkolonie
nach Franz Kafka
978-3-86873-**459**-1

Corbeyran, Horne
Die Verwandlung
von Franz Kafka
978-3-86873-**266**-5

Chantal Montellier, David Zane Mairowitz
Der Process
978-3-86873-**616**-8

Marcel Proust, Stéphane Heuet
**Auf der Suche
nach der verlorenen Zeit**
Combray
978-3-86873-**261**-0

Marcel Proust, Stéphane Heuet
**Auf der Suche
nach der verlorenen Zeit**
Im Schatten junger
Mädchenblüte
Teil 1
978-3-86873-**262**-7

Teil 2
978-3-86873-**263**-4

Marcel Proust, Stéphane Heuet
**Auf der Suche
nach der verlorenen Zeit**
Eine Liebe Swanns
Teil 1
978-3-86873-**264**-1

Teil 2
978-3-86873-**265**-8

Corinne Maier, Anne Simon
Marx
978-3-86873-**648**-9

Corinne Maier, Anne Simon
Freud
978-3-86873-**510**-9

Seymour Chwast
Dantes Göttliche Komödie
978-3-86873-**339**-6

Martin Rowson
**Leben und Ansichten von
Tristram Shandy, Gentlemen**
978-3-86873-**370**-9

KNESEBECK
Das besondere Buch